INDICATION

DU MOYEN

DE FAIRE

RECONNAITRE L'AUTORITÉ DU ROI

A SAINT-DOMINGUE.

« Concessions généreuses, force, prudence et bonne foi. »

PAR FLEURINE DE LAGARDE,

CAPITAINE DE FRÉGATE,

CHEVALIER DE L'ORDRE ROYAL ET MILITAIRE DE SAINT-LOUIS, etc.

A PARIS,

DE L'IMPRIMERIE DE PILLET AINÉ,

RUE CHRISTINE, Nº 5.

1824.

INDICATION DU MOYEN

DE FAIRE RECONNAITRE

L'AUTORITÉ DU ROI

A SAINT-DOMINGUE.

———

ON a été tellement inondé de livres et de pamphlets relatifs à Saint-Domingue, que je n'oserais en parler, si je n'étais tout-à-fait convaincu de l'importance extrême de ce riche pays pour la grande prospérité du nôtre. Quelque impérieux qu'aient été les événemens qui nous ont forcés à l'abandonner, les circonstances ne peuvent pas rester toujours les mêmes, et nous ne devons pas repousser toutes les conjectures favorables pour ressaisir des intérêts si éminens.

En n'exigeant pas les mêmes matériaux, et en ne se servant pas absolument du même échafaudage, on peut parvenir à reconstruire un édifice social que des catastrophes ont détruit. J'espère faire voir que la France peut aussi en examinant l'état actuel de Saint-Domingue, et ce qui s'y est passé, arriver à rétablir son influence sur ce pays, le faire prospérer et profiter par là des bienfaits qu'elle y aura semés. J'espère que si l'on calcule les frais d'une entreprise aussi utile, on se convaincra qu'il ne faut ni d'immenses trésors, ni une armée très-nombreuse, ni massacres de nègres. Je parle d'après une expérience acquise avec impartialité sur les lieux, et après de longues réflexions sur ce sujet.

Nous sommes arrivés au tems où l'affaire de Saint-Domingue n'est plus qu'un procès d'état ; les intérêts particuliers né peuvent plus s'y débattre; mais l'autorité du monarque peut servir d'arbitre entre les deux pays. C'est ce qui m'encourage à soumettre au tribunal de ses ministres les six propositions suivantes :

1° *L'équité et l'intérêt bien compris défendent à la France de reconnaître l'indépendance de Saint - Domingue;*

2° *Quelles seraient les nations qui pourraient s'opposer à ce que la France s'occupât de Saint-Domingue ?*

3° *Comment réussir à faire reconnaître l'autorité du Roi à Saint-Domingue ?*

4° *Le bonheur des Noirs ne peut exister et se fixer que sous une autorité légitime ;*

5° *Comment conserver Saint-Domingue à l'autorité du Roi ?*

6° *Qu'obtiendraient les Colons ?*

1°. *L'équité et l'intérêt bien compris défendent à la France de reconnaître l'indépendance de Saint-Domingue.* Plusieurs nations peuvent reconnaître l'indépendance générale des Amériques; il est probable que la reconnaissance tacite de Saint-Domingue s'y trouverait comprise..... L'importance de cette dernière hypothèse autorise à en parler ici. Examinons le plus brièvement possible ce qui résulterait du consentement de la France.

Saint-Domingue ne contient plus d'anciens naturels de l'île. On ne peut reprocher à aucun Français la moindre cruauté envers ces infortunés. Ils n'étaient plus quand une possession évidente et des traités authentiques ont assuré leur pays à la France. Il n'y a donc rien de plus légitime que la possession du terrain , puisqu'elle ne peut être revendiquée par aucun peuple existant.

Les colons ont profité de la fertilité du sol , de la sécurité du commerce (que la puissance de nos rois a toujours assuré à leurs sujets) pour commencer des établissemens et les porter à une splendeur alors inconnue. Saint-Domingue devint la première colonie du monde. Il est vrai, pour arriver à cette splendeur, les bras français n'ont pas seuls été employés. On a profité de ce qu'on voyait faire depuis long-tems par d'autres nations, d'un usage que les tems anciens avaient admis, et que des bulles de papes avaient autorisé à des époques modernes. Mais nos rois, en faisant le code noir, avaient annoncé le retour vers l'humanité et vers la pratique des plus belles maximes de l'évangile. Jamais l'esclavage n'avait été rendu aussi supportable; et en comparant l'abjection où les Noirs sont réduits en Afrique; l'abandon et les durs traitemens auxquels ils y sont exposés, avec les soins que la plupart des colons-français leur donnaient, en se rappelant l'époque, on ne peut s'empêcher de reconnaître et d'admirer la charité des rois très-chrétiens. Les Français sont les derniers qui ont commencé la traite; ce sont les premiers qui ont fait du bien aux Noirs...... Il fallait des bras pour travailler; les engagés de France ne se trouvaient pas facilement: il n'est donc pas étonnant qu'on ait suivi un usage reçu. Alors les fonds, trouvant un emploi lucratif et certain, ont été portés à Saint-Domingue. Les habitations et les villes ont été construites. Les défrichemens et les ports ont été entrepris. Tout cela est l'industrie des colons. Serait-il juste d'en disposer pour des indemnités éventuelles; pour des indemnités que les Noirs ne pourront pas payer eux-mêmes (1)?

On dira qu'il est quelquefois avantageux de commettre une injustice. Je n'ai pas ici l'espace suffisant pour combattre ce principe infâme; mais fût-il indubitable, que gagnerions-nous à reconnaître l'indépendance des Noirs? La promesse de commercer en paix dans un pays occupé par des révoltés, en nous soumettant à payer des droits mis sur des nations qui y trafiquent depuis vingt ans. Quelle est la puissance qui nous garantirait des préventions ordinaires contre des gens, comme nous, dont on a le bien? Qui nous ferait justice?..... Nous-mêmes, répondra-t-on..... Il faudra donc faire la guerre! Alors nous serons moins avancés qu'à présent.

J'admets un instant que trente millions de Français,

---

(1) Les indemnités que les Noirs promettent, ou plutôt qu'on leur fait promettre, ils ne peuvent les donner qu'au moyen d'un emprunt. La nation qui prêtera exigera des garanties, par conséquent exercera une influence sur Saint-Domingue. Dans les embarras d'argent, les Noirs en ont et en auront alors souvent, cette nation commandera, et malheur à la France!

dont le cœur noble ne conserve plus le désir de vengeance, ploient sous la volonté du petit nombre d'énergumènes qui ne veulent rien entendre, qu'une telle faiblesse est commandée par une politique intéressée, quels seraient donc ces grands intérêts ? Les intérêts du commerce, répondra-t-on...... Peut-on penser qu'ils deviennent jamais considérables, s'ils ne sont guidés par une nation avancée dans la civilisation ? Les Noirs, depuis qu'ils sont abandonnés à eux-mêmes, n'ont pas fait les progrès qu'on pouvait attendre de leur position. On a beau nous dire qu'ils sont lettrés, qu'ils ont un enseignement mutuel, qu'ils font des discours, c'est l'agriculture qu'il faut considérer..... L'agriculture, la seule base de la prospérité de Saint-Domingue, est bien au-dessous de ce qu'elle était il y a trente ans. Le peu de lumières et d'intelligence que les Noirs y mettent la font rétrograder chaque jour. Saint-Domingue est l'endroit des Antilles où la culture est sans contredit la moins avancée maintenant. En suivant la marche actuelle, elle finira par ne plus pouvoir supporter la concurrence, malgré ses bas prix. Alors il sera à craindre que les Noirs, dont le luxe s'établit, et dont l'envie de luxe ne diminuera pas dans l'état paisible où nous les laissons, chercheront le moyen facile de le satisfaire. Ce moyen brillera à leurs yeux à la première guerre où ils seront comme organisés en corps de nation, où un peuple jaloux pourra ostensiblement leur procurer des conseils, un appui et des secours. Les grands bénéfices qu'une guerre maritime apporterait aux Noirs seraient sur-le-champ compris par la population entière de toutes les îles, et une fédération s'ensuivrait. Dans ce cas, il serait impossible d'arrêter un tel malheur, et le continent d'Amérique et les marchands européens qui y passeraient seraient exposés à de perpétuelles pirateries. De nouveaux Alger, plus barbares, plus cruels et mieux situés pour entreprendre, se ligueraient contre la partie de notre race blanche qu'ils n'auraient pas besoin de ménager, et les proies plus nombreuses qu'il y a cent ans élèveraient des courages au dessus de celui des flibustiers.

Admettons que cette piraterie ne puisse pas avoir lieu,

et que notre commerce vienne se présenter pour profiter des chances que les Noirs nous laisseraient. Admettons qu'ils ne les entraveront jamais, qu'ils n'y seront jamais poussés; que, par exemple, comme en certains pays, ils ne se tromperont pas exprès, pour favoriser un autre peuple, sur l'estimation de nos marchandises, et qu'alors les droits ne deviendront pas prohibitifs, quels seront nos bénéfices ou nos chances de bénéfices?......

Nous ne pouvons porter à Saint-Domingue que les produits de notre industrie et de notre sol; or, les produits de notre industrie sont les mêmes que les produits anglais. Ce peuple a l'avantage de vingt ans de relations directes, de capitaux immenses qui permettent un long crédit, de la sécurité, donnée par la force maritime, de pouvoir continuer, et d'avoir en outre l'opinion de supériorité pour la confection des produits, et pour les transactions de commerce maritime. *Nous ne pouvons donc pas y rivaliser d'industrie avec l'Angleterre.*

Les produits de notre sol ressemblent en partie à ceux des Etats-Unis.

Les peuples de ces états, avec la proximité et les bas prix du terrain qu'ils cultivent, *auront l'avantage dans la concurrence.* Il ne nous restera plus que nos vins et nos huiles. Ce n'est pas là de quoi ajouter beaucoup à nos bénéfices; car les introduisant aujourd'hui sous pavillon étranger, nous n'aurons guère de plus que le profit de transport.

Il n'y a donc ni justice ni avantage pour la France à reconnaître l'indépendance des Noirs. *Elle ne doit traiter avec Saint-Domingue qu'en y conservant les moyens d'encourager les échanges avec elle, et pour cela il faut qu'elle y ait la puissance de faire le bien et d'éloigner les suggestions étrangères.*

2° Quelles seraient les nations qui pourraient s'opposer à ce que la France s'occupât de Saint-Domingue? Deux nations seraient en tête. 1° L'Angleterre, conservant sa politique étroite de rapporter tout à l'intérêt du moment: politique qui finira par lui faire perdre son influence morale, et qui ne lui laissera d'autre domination que la force; 2° les Etats-Unis qui, par leur situation géographique et par leur état de colonie émancipée, se trouvent par là à même de jouer le rôle principal sur la scène des révolutions d'Amérique.

1° *L'Angleterre.* Elle agira selon son intérêt du moment. Or, elle a des capitaux employés à Saint-Domingue pour rétablir des usines, etc.; elle y a des marchandises; elle y fait un grand commerce. Elle mettra donc opposition, autant qu'il dépendra d'elle, aux entreprises de la France, jusqu'à ne pas exposer un plus grand intérêt. Si elle peut les combattre ouvertement, elle le fera; autrement, elle n'agira pas ostensiblement. Mais, dans l'un et l'autre cas, elle ne négligera rien pour nous nuire. Pour agir ouvertement il faudra déclarer la guerre..... Elle s'en gardera. Les circonstances n'y sont pas. Elle n'est pas en mesure, quoi qu'en disent ses ministres. Il faudrait qu'il y allât de sa sûreté ou de la perte de son crédit pour la décider promptement. D'ailleurs la paix est si avantageuse à ses fonds, à l'établissement régulier de ses nouvelles relations, qu'il n'est pas croyable que, pour une île, elle risque les conséquences d'une guerre. Obtiendrait-elle la possession pleine et entière de Saint-Domingue; cette colonie, pour elle qui en a tant d'autres dont elle s'occupe peu, qui en a d'immenses qu'elle néglige, n'aurait pas assez d'importance pour compenser les dépenses et les pertes qu'occasionnerait une simple déclaration. Puis la France, prête à aller à Saint-Domingue, obligée d'y renoncer, pourrait employer en d'autres pays les forces qu'elle y envoyait, et faire repentir ses jaloux. L'injustice d'une opposition pourrait aussi produire des alliances au détriment de l'Angleterre..... Il faut rire des menaces que des marchands de Londres peuvent faire publier sur cet objet. Quant aux menées secrètes, la France peut les dédaigner. Que peut dire l'Angleterre? que peut-elle faire sourdement? si, ne touchant pas aux marchandises qui sont à Saint-Domingue, nous ne mettons aucune entrave à leur sortie, à leur séjour, à leur consommation, à leur conservation, si nous consentons au libre paiement des intérêts ou des capitaux anglais dont l'emploi sera prouvé.

2° *Les Américains du nord.* Ils font du commerce à Saint-Domingue; mais ce commerce n'est pas très-important: il se borne à des fournitures de vivres, à de légers retours en denrées coloniales, et à quelques marchandises anglaises, vendues de seconde main. Cela vaut-il les suites d'une rupture? La France d'ailleurs est assez forte pour empêcher qui que ce soit de se mêler de ses affaires, et une expédition destinée pour Saint-Domingue pourrait entreprendre bien des choses contre les Etats-Unis, s'ils y forçaient. Leur prospérité a des envieux. Qui les aiderait dans une lutte, si l'expédition contre eux ne montrait que l'intention de rabaisser l'orgueil des exaltés républicains? La France a bien des partisans dans le midi de leur pays, et leurs cinq ou six vaisseaux à la mer, et leurs douze ou quinze frégates, ne suffiraient pas pour défendre une côte immense. Leur garde nationale se fatiguerait vite à poursuivre un ennemi débarquant à l'improviste et pouvant faire un choix d'attaques sur tant de villes ouvertes et de ports sans défense. La guerre que la France ferait aux Etats-Unis ne ressemblerait pas à celle que les Anglais y ont faite dernièrement. Elle peut lancer une armée, et n'a pas d'intérêts commerciaux à y ménager. Que de riches proies se présenteraient pour récompenser la hardiesse, le courage et l'activité! Et ces nuées d'aventuriers, réunis dans les villes ou repandus dans les campagnes, ne pourrait-on pas les faire servir à doubler les embarras d'un gouvernement faible, et entravé par les considérations locales qu'il est obligé d'écouter?..... et la Louisiane..... et tout le sud qui n'attend qu'une occasion pour se séparer du nord !

De pareils risques doivent effrayer les Etats-Unis, et les engager à rester encore long-tems en paix avec les nations qui peuvent entreprendre vigoureusement..... Ils ne viendront donc pas au secours des Noirs de Saint-Domingue.

A la suite des oppositions de l'Angleterre et des Etats-Unis, les insurgés d'Amérique se traînent naturellement. C'est presque leur cause. Mais les révolutionnaires sont occupés chez eux, et quelques frégates suffisent pour les forcer à nous laisser tranquilles..... La peur de nous donner un motif d'aider la cause du roi d'Espagne y suffirait seule.

Quant aux rois du vieux continent, loin de voir avec jalousie une expédition qui ne peut blesser leurs intérêts, ils y trouveraient la preuve que la France a renoncé à troubler l'Europe ; qu'elle veut s'occuper de commerce et du rétablissement de l'ordre dans ses possessions. Ils verront dans la douceur de son gouvernement, dans sa générosité avec ses enfans long-tems égarés, une conduite bonne, sage et paternelle..... L'exemple du puissant chef de la maison des Bourbons pourra aussi influencer les directions futures des Américains-Espagnols ; alors un premier bienfait en produira de plus grands.

3° *Comment faire reconnaître l'autorité du roi à Saint-Domingue ?* Les négociations ayant échoué, il n'y a plus de doute qu'elles ne suffisent pas, et qu'il faut l'emploi de la force ; mais avant d'y recourir il est prudent de se rappeler que les armées européennes qu'on a envoyées dans cette île y ont péri presque subitement.

En 1790, l'armée coloniale, qui fut portée à vingt-cinq mille hommes et à laquelle on envoya continuellement des renforts jusqu'en 1793, ne servit qu'à faire abhorrer les colons et à assurer les avantages qu'ils se refusaient à accorder aux mulâtres. Celle des Anglais, dont les envois successifs réunis aux volontaires blancs du pays, ont été de trente-deux mille hommes, n'a produit que la consolidation de la liberté des esclaves et la ruine ou le massacre de ceux qui, pour empêcher cette liberté, s'étaient livrés aux Anglais. Enfin, l'expédition de 1802 à 1803, de cinquante-six mille hommes, venus pendant ces deux années, et dont le but était de rétablir les colons dans la plénitude de leurs droits, a eu pour résultat l'établissement d'un gouvernement noir, la mort ou l'expulsion des colons et de tout blanc quelconque.

Certes voilà des faits qui ne sont pas encourageans ; mais si l'on examine les causes des désastres, on s'apercevra bientôt qu'il faut moins en accuser le climat entier que les prétentions qui ont fait naître des guerres à mort avec la majorité de la population.

Saint-Domingue n'a été peuplé que par le commerce, on n'y a consulté que l'appât des bénéfices, et la salubrité des lieux choisis n'est pas entrée en première ligne de compte. Le commerce d'une colonie étant sur les bords de la mer, c'est sur les bords de la mer que toutes les villes ont été construites ; et comme les navires ne sont commodément et en sûreté que dans des ports, c'est uniquement près des ports que les villes ont été placées. Or, les ports sont pour l'ordinaire entourés de montagnes ou de terres élevées ; il y fait par conséquent des chaleurs étouffantes. Les brises fraîches y étant rares, des miasmes putrides s'y forment, s'y propagent et en sont rarement chassés.

Ces raisons jointes à d'autres, particulières aux Antilles, qui rendent malsains les bords de la mer, ont fait des villes les endroits les plus pernicieux pour la santé, et à l'époque de l'hivernage de vrais cloaques pestilentiels.

Quand, par des fautes militaires ou de conduite politique envers les mulâtres et les Noirs, on a été obligé de se renfermer dans les villes, aucun point intérieur n'étant alors à l'abri d'un coup de main, indubitablement il a fallu périr. C'est ce qui est arrivé aux trois armées.

Le climat de l'intérieur a aussi ses dangers, tous les dangers des pays chauds, et ceux particuliers aux Antilles, ceux qui proviennent de la conformation d'un sol montueux et exposé aux vents et aux orages impétueux dans un climat brûlant.

Saint-Domingue est la contrée de la terre où les pluies sont les plus affreuses ; les montagnes retiennent les nuages et sont humides ; au contraire les plaines et les vallons, qui sont comme creusés entre les montagnes, sont de véritables fournaises. Ces accidens de terrain entre-coupent tout le pays, en sorte que pour voyager on est obligé de monter et descendre continuellement. La marche expose à toutes sortes de températures, et, comme le vent d'Est est le seul régnant, pour peu qu'on tourne une montagne, on est tantôt dans un endroit où le vent n'est jamais venu, et tantôt dans un lieu où la brise se fait toujours sentir. Selon la manière dont on est placé, on sent un air frais, chaud ou tempéré, ou bien l'on se trouve tout d'un coup exposé à des *risées* qui passent dans les crevasses des montagnes. Il faut faire attention à tout ce qu'on voit devant ou derrière soi pour ne pas exposer sa santé. Pendant les nuits, la rosée tombe comme dans les pays chauds ; mais elle est plus abondante en raison des nuages qu'attirent les montagnes. Il est dangereux de s'y exposer long - tems et plusieurs fois, et mortel de le faire si l'on doit continuer une route.

Les bivouacs sont donc la destruction prompte d'une troupe. Il faut des tentes quand on est obligé de passer la nuit à l'air.

Ces particularités et la chaleur du soleil, de neuf à trois heures, n'ont pas échappé aux habitans des Antilles ; les attentions qu'ils y portent, jointes à un régime que le tems leur a enseigné, sont les seules raisons qui conservent leur santé et leurs forces. Nous autres Européens nous méprisons trop ces précautions, et notre sang et les pores de notre peau n'étant pas encore disposés pour le climat, nous payons souvent de notre vie les imprudences que notre caractère ou notre ignorance nous font commettre.

La plupart des généraux et des officiers qui ont été combattre à Saint-Domingue, y ont fait la guerre comme en Europe, ils ont vaincu ; mais leurs ennemis véritables les ont atteints et ils ont été détruits. Ce ne sont pas les Noirs qui sont les vrais ennemis à Saint-Domingue, on peut les vaincre ; mais ce sont la fièvre jaune et les maladies. Il ne faut pas aller s'enfermer avec elles. Il faut marcher de manière à n'avoir pas à redouter le climat et ses ravages certains. Il faut séjourner, non pour attendre des renforts, mais pour rétablir ses troupes, pour améliorer leur santé et rendre à leurs corps la première vigueur. Il faut, en un mot, combattre la maladie avec tous les soins imaginables.

Tout n'est pourtant pas horrible dans les colonies ; ce sont des pays enchanteurs à la vue, et où les gens prudens et attentifs se portent comme en Europe. Les habitations sont construites dans des endroits commodes et sains, et, parmi la quantité qui existent à Saint-Domingue, un grand nombre jouissent d'une température délicieuse. Elles sont, comme de petits villages, semées de distances en distances, qui se joignent par de petits chemins, et qui permettent de parcourir le pays avec assez de facilités et d'agrémens. Dans les positions les plus heureuses, les propriétaires voisins se sont réunis pour bâtir de jolies maisons, et ont formé ainsi de petits bourgs très-agréables.

Voilà des points utiles pour la guerre.

Il n'est donc pas impossible, en se comportant comme les colons, et en se gardant plus du climat encore que de l'ennemi, de réussir à conserver ses troupes. Après l'inutile et malheureuse promenade militaire de Santhonax et Polverel, qui détruisit les hommes et même les chevaux de l'expédition, le général de Laveaux prouva que le climat de Saint-Domingue n'est pas ce qu'on dit. Ce brave général, avec une division composée presque entièrement de jeunes gens arrivant d'Europe, fit une campagne dans les plaines et les montagnes sans perdre un homme par maladie. C'était cependant au mois de mai qu'on lui fit commencer cette expédition glorieuse. Mais cet habile officier conduisait ses troupes comme il le fallait; il ne marchait qu'aux heures convenables; il prenait le repos et le séjour nécessaires; il s'était muni de ce dont on a besoin pour camper; il ne s'embarrassa pas d'attirail inutile, soigna ses soldats plus que lui-même, et ne combattit que bien à propos.

Si l'on veut encore imiter les trois expéditions qui ont péri, si l'on veut combattre tous les intérêts chers aux Noirs, si l'on ne renonce pas franchement aux prétentions qui ont comme nationalisé une guerre à mort, il n'y a pas de doute : *on périra encore.*

Mais si l'on veut consentir à des concessions assez grandes, si l'on veut faire le bonheur des Noirs, si l'on veut enfin ne pas donner lieu à une guerre à mort, on peut entreprendre d'aller avec des forces à Saint-Domingue.

On remplira un but raisonnable si les forces sont bien conduites, et surtout si l'on s'occupe autant à les conserver qu'à vaincre les oppositions qu'on rencontrera.

Il ne m'appartient pas de fixer ces concessions; mais si l'on examine l'état actuel de Saint-Domingue, si l'on fait attention que depuis vingt-un ans la France n'y a aucune relation directe, que plus de douze avant son autorité n'y était qu'une ombre; si l'on se rappelle les pertes immenses que l'on y a faites, on diminuera beaucoup des prétentions qui ne peuvent qu'amener une autre guerre à mort, et des désastres aussi terribles que ceux qu'on a éprouvés. Si l'on considère tout ce qui a été fait, on conviendra qu'il faut beaucoup accorder pour se rapprocher des Noirs.

Tous les peuples qui commercent ont profité de nos malheurs à Saint-Domingue. Ils ont vu leurs intérêts avant nos droits; l'usurpation a été appuyée, et des moyens de solide consolidation peuvent la maintenir. Nous avons laissé se former un gouvernement de fait que le tems affermit tous les jours; bientôt la population sera renouvelée, et nous lui serons entièrement étrangers.

Ne nous refusons plus à l'évidence. La jeune race a une patrie et la vieille périra, détruira tout plutôt que de retomber sous le joug.

Qu'un pacte efface l'idée des chaînes et prépare un avenir heureux. Il est encore tems pour nous : profitons des momens qui restent, ou Saint-Domingue va nous échapper à jamais ! Une guerre en Europe, une fédération, un traité avec le continent d'Amérique, une fixité dans le Nouveau Monde, nous enlèverait notre dernière espérance.

J'entends les intérêts et les préjugés particuliers me condamner; mais les intérêts et les préjugés particuliers ne sont rien dans une question d'état; c'est le Roi qui est juge, et, en puissant monarque, il est au dessus des passions vulgaires.

Oui ! il n'y a plus qu'un moyen de se réconcilier avec les Noirs, c'est de leur donner une patrie !... Je ne dis pas de les rendre indépendans du Roi.

La royauté convient aux Noirs, leur caractère l'appelle et la richesse de l'île la demande.

Pourquoi Saint-Domingue ne serait-il pas un royaume, s'il n'y a plus que ce seul moyen pour parvenir à y faire reconnaître l'autorité du Roi? Il faut y consentir ou se résigner à voir tout-à-fait la république d'Haïti.... Le roi de Portugal a créé le royaume du Brésil, pourquoi le roi de France ne créerait-il pas un royaume d'une colonie puissante qui lui appartient, et qui, dans son sein, n'aurait pas d'élément de discorde? Aurait-on la démence de lui conseiller de refuser une couronne, parce que le peuple qu'il aurait à gouverner n'aurait pas la peau blanche ?

L'érection de Saint-Domingue en royaume, sous un nom agréable aux Noirs, un pavillon et des drapeaux donnés par le Roi aplaniraient bien des difficultés. Les Noirs, membres reconnus d'une nation, verraient avec joie la conquête de leurs droits sociaux enfin assurée, et les préjugés contre eux anéantis. Ils se tranquilliseraient sur les réclamations, qu'on ne pourrait plus faire que de gouvernement à gouvernement. La guerre, n'ayant plus de prétentions effrayantes à soutenir, ne deviendrait pas atroce, et l'on parviendrait probablement à s'entendre.

Cependant pour ôter toute espèce d'inquiétude aux Noirs, le Roi ferait une déclaration positive de ce qu'il entend être arrêté sur :

1º La religion et ses ministres;

2º La justice et les juges;

3º Les droits des citoyens; comment ils s'acquièrent par des alliances seulement;

4º Les emplois; par qui ils peuvent être occupés, à l'exclusion des anciens colons;

5º La force armée, son organisation;

6º Les titres et les récompenses nationales;

7º Les douanes, sans impôt direct;

8º Les règlemens des dépenses;

9º Enfin, la propriété entière des biens acquis ou concédés, sans avoir à craindre les réclamations de particulier à particulier.

Une telle ordonnance, communiquée aux chambres et annoncée aux puissances européennes, serait une garantie d'intentions pures, et les Noirs n'auraient plus de raisons pour se défier des promesses françaises. La loyauté de notre prince et la conduite de son armée en Espagne seraient des faits qu'on pourrait présenter à leur imagination troublée et prévenue contre nous.

Alors il ne serait plus imprudent de penser à envoyer une armée à Saint-Domingue, non pour y rester, ce serait inutile et dangereux, mais pour y maintenir l'autorité du Roi jusqu'à ce qu'elle soit fixée.

Cependant, qu'on ne se le dissimule pas, l'on aura de grands efforts à combattre. Pendant long-tems la population n'a rêvé que le retour des vengeances. Par leurs propres mouvemens et par mille suggestions étrangères, les Noirs ont essayé tous les moyens imaginables pour préparer la défense la plus opiniâtre. Toutes les idées se sont tournées vers ce but. Chacun ne croyant assurer son existence que par les armes s'est prêté aux exercices, et à apprendre tout ce qui a paru utile. L'armée peut donc être aussi nombreuse que les personnes, et tous les biens peuvent être consacrés aux approvisionnemens, que d'un commun accord on n'a jamais limités.

Cette situation des choses a duré. Les lois et l'organisation sociale des Noirs de Saint Domingue se sont formées et ont été créées en entier pour repousser la présence d'une armée du dehors. L'éducation, les liaisons et les intérêts généraux et particuliers affermissent de plus en plus cette résolution unanime. Aucun pays, aucun peuple ne donne, par sa nature, une garantie aussi forte au maintien d'un ordre établi. Ainsi la prudence est nécessaire; il faut diviser l'opinion et les intérêts, et effrayer la résistance; être fort, se conserver puissant, et être juste et bon avant tout.

C'est sur cela que j'ai basé la conduite de l'entreprise. Je crois indispensable de la détailler, parce que la guerre ne doit pas être menée comme en Europe. Je parlerai de ce qu'il faut faire pour conserver la santé des hommes; et les détails que je donnerai pour préparer ou diriger l'expédition sont si urgens, que je peux affirmer qu'elle manquera si on les néglige. Je prie donc de me pardonner des longueurs sur de tels sujets.

L'opinion et les intérêts se trouveront séparés par l'établissement d'un royaume. C'est aussi une des raisons qui m'a fait en émettre la proposition.

Les républicains et les *royalistes détrônés* se trouveront divisés; mais pour n'avoir pas une opposition trop forte de ceux-là, on pourra spécifier ce qui leur sera accordé. Quant à l'entreprise, je la divise en trois parties, à des époques successives. 1º Une expédition navale; 2º une forte division d'armée; 3º une autre division pour former une armée.

L'expédition navale observera d'abord le pays; elle recevra le rapport d'hommes sages envoyés pour examiner sans passions; elle proclamera les intentions et les volontés paternelles du Roi.

Afin de ne pas donner l'éveil aux Noirs, les hommes

qu'on enverra seront choisis parmi ceux qui savent plusieurs langues. Ils ne se présenteront à Saint-Domingue qu'avec des papiers de la nation à laquelle ils pourront prétendre appartenir momentanément, et leur mission apparente sera le commerce ou une industrie quelconque.

Pour que la division navale soit utile, et que sa présence à Saint-Domingue ne nuise pas à notre commerce, il faudra qu'elle soit assez considérable pour bloquer l'île et pour enlever, sous des batteries, les bâtimens de guerre ou corsaires qui feront mine de vouloir sortir pour faire des prises. L'amiral, pour soutenir ses proclamations, pour s'emparer de ce dont il aura besoin, aura sous ses ordres quelques troupes de débarquement.

L'île sera déclarée en état de blocus.

Pour bloquer les points principaux de Saint-Domingue, observer toute la côte, être capable de réduire au besoin les forts, rades, villes ou points dont il faudra s'emparer, voici le nombre des bâtimens que je crois nécessaires, et la composition de leurs équipages.

	NOMBRE DES		ÉQUIPAGES DE CHACUN.	
BATIMENS.	Matelots.	Soldats.	Matelots.	Soldats.
3 Vaisseaux	1800	450	600	150
6 Frégates	1800	560	300	90
6 grandes Flûtes.	1200	780	200	130
3 Corvettes à batterie couverte . .	450	240	150	80
6 Bricks, Corvettes à batterie barbette, ou Gabarres, ensemble.	480	360	80	60
10 Bateaux à vapeur.	200	600	20	60
10 Avisos, petits et grands.	300	300	30	30
1 Vaisseau hôpital.	270	110	270	110
45	6500	3400		

Plus, quatre bricks ou goëlettes citernes bien construites et pour service général, ainsi qu'une flûte pour grande forge, assez vaste pour réparer les attirails des bateaux à vapeur.

Ce qui fait un total de près de dix mille hommes, dont en cas urgent, on peut disposer d'au moins six mille pour envoyer à terre.

Il n'y a pas de point sur la côte qui puisse résister à une pareille force bien conduite et soutenue par le feu des bâtimens de guerre. Port-au-Prince a été pris avec trois mille hommes, et le fort Dauphin avec deux mille, au commencement de l'expédition Leclerc.

J'ai mis dix bateaux à vapeur parmi les forces navales, parce que je les crois indispensables pour que les opérations soient promptes sur la côte, et pour qu'on y puisse compter sur l'exécution d'ordres donnés à heures fixes. Il faut en avoir, et si l'on n'a pas le tems d'en construire de bons en France, il faut en acheter aux Etats-Unis, où leur construction suffit à l'emploi que j'en veux faire. Sans bateaux à vapeur, le service manquerait; car les bâtimens à voile, qui ne se servent que du vent, sont sujets à toutes ses variations, et elles sont grandes à Saint-Domingue. Le vent d'Est y dure rarement trois jours de suite; il s'élève ordinairement à neuf heures du matin, et cesse avec le jour. La brise de terre vient pendant la nuit et finit au lever du soleil. Entre ces deux vents opposés qui soufflent toujours avec une force changeante, il y a des calmes plats. Quelquefois l'une et l'autre brise tardent ou n'arrivent pas de la journée. Il y a donc des tems où l'on a *vent de bout*, et d'autres *calme*. Les bateaux à vapeur remédieront à ces accidens, ils remorqueront les bâtimens de guerre pour les approcher de la côte ou les en éloigner. Ils les feront appareiller quand on voudra, ils entretiendront en tout tems les communications nécessaires.

Il est aussi un objet essentiel à fournir pour la sûreté des bâtimens et pour la santé des équipages : *les câbles en fer*. Ces câbles sont utiles pour mouiller parmi les roches, et la côte de Saint-Domingue en est parsemée. Je conviens que les bâtimens pourraient choisir des mouillages où leurs câbles ordinaires ne seraient jamais coupés; mais il n'y a pas d'économie à chercher quand on veut enlever un point. Le meilleur lieu à attaquer est celui où, pouvant descendre, on trouvera le moins de résistance; or, les embouchures des rivières et les plages sont toujours défendues. Il en est de même pour la santé; les plages et les embouchures des rivières sont pestilentielles. Avec des *câbles en fer* on mouille partout, et c'est indispensable dans les expéditions de surprise.

Dès que la résolution aura été prise d'envoyer cette expédition navale, il faut donner tous les soins à la bien composer. Les bâtimens doivent être choisis parmi les plus neufs; ce sont ceux qui marchent ordinairement le mieux; l'on doit préférer les plus spacieux, les vaisseaux de quatre-vingt aux vaisseaux de soixante-quatorze.

L'accastillage doit être fait pour les pays chauds et pluvieux, les rechanges donnés pour deux ans.

On a pu remarquer que plus des sept dixièmes des hommes sont embarqués sur des bâtimens à batterie couverte. C'est l'espèce de navire où l'homme est le plus à l'abri des pluies et du grand soleil, celle où il est logé le plus commodément, où le repos est plus facile, et où la promenade n'est pas impossible dans le mauvais tems.

La qualité de l'eau est une des grandes causes de la santé ou de la maladie des équipages. Un capitaine doit y faire la plus scrupuleuse attention. Les caisses en fer si commodes à nettoyer, sont préférables à nos anciennes grosses barriques; l'eau se conserve parfaitement dans le fer; et celle des colonies, toujours facile à se corrompre, y perd une partie de cette propriété, s'y sanifie même par le séjour. Les caisses doivent donc servir exclusivement pour l'eau de la cale. Les barriques ne doivent être employées que pour envoyer à terre, être de petite dimension, car l'eau est difficile à faire à Saint-Domingue.

Les bâtimens, surtout ceux qui n'ont pas une batterie couverte, doivent être fournis de tentes très-complètes et faites de toile, je ne dis pas plus serrée, mais meilleure que celle dont on les confectionne pour nos climats. Il n'y a pas là dessus d'économie à faire; il faut les installer et les laisser en place chaque fois que le tems le permet, plus particulièrement celles des gaillards. Il faut aussi donner du soin aux *tauts*, les installer dans les tems orageux, et y faire mettre les hommes à l'abri quand la manœuvre n'oblige pas de les garder à la pluie.

Les matelots et les soldats doivent être embarqués avec de bons rechanges d'habillement, et comme leur paye n'y suffirait pas, le Roi y suppléera. Une capote de bon drap avant tout.

Les emménagemens des bâtimens doivent être tels que les hommes, en quittant le quart, ou même pendant le quart, peuvent se changer par compagnie et demi-compagnie.

Le manque de propreté étant la source des maladies, les capitaines doivent tenir la main à ce qu'elle soit exactement observée. La propreté est le nerf de la discipline.

Chaque matin, ou avant de relever le quart ou la garde de midi, le lieutenant en pied doit passer l'inspection du navire et de tous les hommes de l'équipage sans aucune exception.

Qu'on ne se rebute pas de minuties; il n'y a rien à négliger quand il y va de la santé d'une armée. Il est même de bonne politique de faire voir combien l'on s'occupe sérieusement de la conservation des hommes. Ils deviennent plus dévoués; et, dans les occasions difficiles, on est payé de ses peines et de ses soins.

Comme cette expédition doit être toute maritime, les hommes qui la composent doivent être sous les ordres immédiats de l'amiral. Il faut peu d'état-major de troupe. Il y a peu d'espace à bord des bâtimens, et il est très-difficile de loger des officiers nombreux; d'ailleurs les trois mille quatre cents soldats étant par détachemens de cent cinquante au plus, les officiers supérieurs ont peu d'emploi à bord. Un colonel ou un lieutenant-colonel commandant et trois chefs de bataillon suffiraient pour le service.

Dans les bas grades, et surtout parmi les soldats, il ne faut que des gens ayant passé la première jeunesse. L'ancienneté d'âge et de grade sont des guides justes et convenables pour appeler à marcher en campagne.

Les matelots de l'expédition doivent aussi être choisis, autant que possible, parmi les hommes faits : les novices doivent être exclus, comme peu propres aux fatigues.

Chacun des hommes de l'équipage doit être armé d'un fusil à baïonnette. Les matelots apprennent facilement les maniemens d'armes. On en aura bientôt fait des compagnies, et l'on trouvera encore plus aisément des chefs parmi les officiers de marine, dont plusieurs ont fait des campagnes par terre, et ont commandé des compagnies et bataillons.

Enfin, l'expédition étant prête, l'amiral se dirigera sur la Martinique et la Guadeloupe, après avoir calculé son départ pour arriver dans ces colonies, un grand mois après leur hivernage. Si les garnisons de ces îles ont beaucoup souffert de la fièvre jaune, l'amiral continuera sa route ; mais si les garnisons sont en bon état, la revue en sera passée devant lui et une commission de son escadre. Tous les hommes valides seront mis à sa disposition. Il les remplacera par ses plus jeunes soldats. Les permutés prendront chacun réciproquement les mêmes lieux et places dans les mêmes compagnies respectives. Les magasins des bords auront prévu les cas de complément d'habillement.

L'escadre pourra, malgré ces retards, arriver en janvier à Saint-Domingue, et aura encore près de cinq mois jusqu'à la mi-juin, époque avant laquelle il est très-rare de voir la fièvre jaune commencer dans cette île.

La partie espagnole n'appartenant pas à la France, et étant peu peuplée sur la côte, on n'a pas besoin de l'explorer aussi exactement que le reste de l'île. On pourra se contenter de la bloquer, d'y prendre langue et d'y faire de l'eau et du bois.

Une frégate, une corvette, un brick, deux forts avisos et un bateau à vapeur suffisent pour la station de Santo-Domingo, et pour s'étendre de l'île Saôna à l'île Béate en longeant la côte.

Malgré le peu d'importance de la presqu'île Samana pour la réussite d'une expédition à Saint-Domingue, ce point ayant été peuplé de Français, et nos bâtimens pouvant y prendre quelques renseignemens, il serait bien d'y mettre une station. Cette station servirait d'ailleurs d'avant-garde et d'éclaireurs à l'escadre. Etant situés au vent, les bâtimens pourraient rejoindre promptement. Ils seraient composés d'une frégate, de deux avisos et d'un bateau à vapeur.

La côte Nord, formée par les pieds de Monté-Christ, n'ayant pas de port, est inutile à observer. C'est vers la partie française que les stations seront mieux employées.

La première station sera entre la Tortue et Port-de-

Paix, et sera composée d'un vaisseau, d'une flûte, d'un bateau à vapeur et d'un aviso, qui observeront depuis la pointe du Limbé jusqu'à celle de Jean-Babel. Le chef de cette station aura sous ses ordres celle du fort Dauphin, composée d'une flûte, d'un bateau à vapeur et d'un brick, qui veilleront de la pointe de Jacques à celle de Caracol; la station du Cap-Français, composée d'une frégate, un bateau à vapeur et un brick qui se tiendront entre la pointe de Caracol et la pointe du Limbé; et la station du môle Saint-Nicolas, qui ne sera que d'une frégate comme en vigie.

La station de Port-au-Prince que commandera l'amiral, sera à Port-au-Prince, composée de deux vaisseaux, un bateau à vapeur et un aviso. Le complément sera : du cap Saint-Marc à l'Arcahaïe, une flûte et un bateau à vapeur; devant Saint-Marc, une corvette, et une autre devant les Gonaïves. Le vaisseau hôpital sera devant la pointe du Lamantin, dans l'est de Léogane, accompagné d'un brick. Le Grand-Goave aura une flûte et un bateau à vapeur qui l'observera; la même force croisera devant le Petit-Goave; enfin entre Miragoane et le Bec-du-Marsoin de la Grande-Anse, il y aura une flûte, un bateau à vapeur et un aviso.

La station de Tiburon à Jérémie et Port-Salut sera composée d'une frégate et deux bricks, et celle de Jacmel au Port-Salut d'une frégate et trois avisos.

En sorte que les forces employées à Saint-Domingue seront placées comme dans le tableau suivant :

SANTO-DOMINGO.	SAMANA.	TORTUE.	FORT DAUPHIN.	CAP FRANÇAIS.	MÔLE SAINT-NICOLAS.	PORT-AU-PRINCE.	L'ARCAHAÏE.	SAINT-MARC et GONAÏVE.	POINTE DU LAMANTIN.	GRAND et PETIT GOAVE.	GRANDE ANSE.	TIBURON et JÉRÉMIE.	JACMEL.
1 frégte.	1 frégte.	1 vaiss.	1 flûte.	1 frégte.	1 frégte.	2 vaissx.	1 flûte.	2 corvtes	1 vaiss. hôpital.	2 flûtes.	1 flûte.	1 frégte.	1 frégte.
1 corvte.	1 brick.	1 flûte.	1 brick.	1 brick.	»	1 bateau à vap.	1 bateau à vap.	»	1 brick.	2 batx à vap.	1 bateau à vap.	2 bricks.	3 avisos.
1 brick.	2 avisos.	1 bateau à vap.	1 bateau à vap.	1 bateau à vap.	»	1 aviso.	»	»	»	»	1 aviso.	»	»
1 bateau à vap.	»	1 brick.	»	»	»	»	»	»	»	»	»	»	»
2 avisos.	»	»	»	»	»	»	»	»	»	»	»	»	»

Nota. Quand les capitaines mouilleront sans but militaire, ils n'iront pas chercher les lieux les plus convenables à leurs bâtimens, ils préféreront toujours les endroits qui, sans danger de mer, seront les plus favorables à la santé des équipages. Ils s'approcheront le moins possible de terre.

Le but de la mission étant de reconnaître les opinions des Noirs et de leur apprendre les intentions du Roi, on parlementera autant qu'on pourra, et les entreprises militaires ne seront combinées que pour ce but. Les ordonnances du Roi, les proclamations, le pavillon, les drapeaux donnés à l'île, voilà ce qu'il faut voir; la douceur, la bonté, la patience, voilà ce qu'il faut le plus employer. On se battra assez tôt.

Réunis au vent du cap Samana, les capitaines, à un signal donné, forceront ou diminueront de voiles pour arriver tous, à peu près en même tems, devant le lieu de leur station. Ils y enverront aussitôt en parlementaire, un bateau à vapeur, un aviso ou un canot, et communiqueront aux autorités les volontés du Roi.

Il n'y a pas de doute que l'autorité usurpatrice cherchera à se soutenir. Elle publie journellement que les Français veulent l'esclavage, et certes les Noirs redoutent trop de retomber sous le joug pour ne pas écouter ceux qui leur disent de craindre ce sort malheureux. Les parlementaires seront renvoyés, peut-être même repoussés entièrement par eux, si l'on a perdu du tems à les expédier.

En se présentant, comme on n'aura plus d'aussi bonne occasion de parler aux yeux des Noirs, les bâtimens de guerre hisseront au grand mât le pavillon de Saint-Domingue; un drapeau du pays sera dans le canot auprès de l'officier et gardé par un sergent. La cocarde aussi du pays sera peinte sur le dossier du canot parlementaire.

Ces détails qu'on peut trouver frivoles sont ici de la plus haute importance, puisqu'ils donneront une preuve matérielle du commencement de l'exécution de l'ordonnance.

Malgré ces signes extérieurs, il faudra cependant ne distribuer aucune proclamation, ni débiter aucune nouvelle politique, et se garder de donner ombrage aux autorités, pour rester le plus de tems possible sans faire rompre les pourparlers.

L'amiral agira aussi dans ce sens à Port-au-Prince ; mais avec l'extension d'un plénipotentiaire, et il emploiera tous ses talens et ses ressources pour prolonger les communications d'une manière noble, juste et digne d'un monarque qui ne veut que faire le bien.

Lorsque le gouvernement actuel de Saint-Domingue se refusera à ne plus rien écouter, la force restera.... On sera obligé de l'employer pour se faire comprendre.

Les Noirs se lèveront en masse. C'est la coutume de l'exaltation de tomber dans les extrêmes. Mais les insurgés ne pourront pas être en masse partout. Les croiseurs auront déjà observé la côte et ses moyens de défense ; l'amiral aura jugé les points les plus convenables à visiter. En sondant, en faisant de l'eau ou du bois, on les aura reconnus. Alors la campagne de guerre commencera, et la discipline la plus sévère, et le respect aux personnes et aux propriétés, honoreront encore une fois les armes françaises.

Selon l'importance des points, et les moyens que les Noirs auront rassemblés en d'autres lieux, l'amiral combinera les attaques, frappant les endroits dépourvus et où l'on n'aura pas le tems d'accourir, qu'il sera rembarqué pour aller ailleurs.

La partie française de Saint-Domingue, si étendue en côtes, est merveilleusement conforme à ce genre de guerre, et lord Cochrane a donné un exemple au Pérou de la manière d'harceler un pays dont le rivage a un vaste développement. Avec six mille hommes de troupes de débarquement qu'il portait en peu de jours à deux cents lieues de distance, il a constamment tenu en haleine quatorze mille hommes de bonnes troupes. Il les a harassés, éreintés et dégoûtés tellement, que la fatigue, les maladies et la désertion, les ont réduits à moins de moitié. C'est à la suite de cela que l'armée expéditionnaire du Chili est entrée à Lima.

Il ne faudra pas néanmoins imiter tout-à-fait lord Cochrane ; il avait du tems, et l'amiral ne se proposera pas le même but.

Celui-ci est de parler à beaucoup de monde, et de

forcer les hommes à entendre qu'on veut réellement les rendre heureux. Il faut donc aller attaquer les endroits peuplés, y rester peu et partir pour d'autres.

Tantôt réunie en masse, toute l'escadre tombera subitement et tout à la fois sur une place; tantôt elle se divisera et frappera plusieurs points en même tems. Puis à une autre époque, elle se combinera de nouveau pour d'autres entreprises.

Il n'y a pas de doute qu'avec de la prudence et de la résolution, on fera des coups brillans. La partie française de Saint-Domingue est très-facile à surprendre par mer, et très-difficile, pour ne pas dire impossible, à défendre d'incursions imprévues, parce qu'il n'y a aucun point d'une force positive. Elle n'est formée que de terrains choisis par le commerce, qui n'a pas voulu de contrées dont les produits seraient trop dispendieux à transporter à la mer. C'est une zône qui a rarement quinze lieues de profondeur, et dont le développement de la côte est au moins la moitié de celui de l'île; malgré que la superficie du terrain n'en soit pas le cinquième. Le vent permet d'y longer continuellement toute la côte Ouest, et quand on est dans l'Est de l'île, une escadre peut, en moins de vingt-quatre heures, aller du fort Dauphin au môle Saint-Nicolas, ou des Cayes de Jacmel au Port-Salut et à Tiburon. Quelle est l'armée qui, à travers des montagnes, des vallons, des torrens et des montées et des descentes à chaque pas, peut faire une telle route, je ne dis pas en vingt-quatre heures, mais en six jours? On cite encore aujourd'hui Dessaline, qui, avec une petite division sans artillerie, fit quatorze lieues dans vingt-quatre heures, en longeant la côte à deux ou trois lieues, et qui pour cette course ne ménagea ni les hommes, ni les moyens violens.

Les places sont plus ou moins fortes; les contrées sont plus ou moins faciles et convenables à occuper; mais ici l'entreprise première n'est pas une conquête à faire : il s'agit de découvrir et de former l'opinion, de convaincre le peuple de Saint-Domingue que les Français sont bons et justes, et qu'il ne faut pas s'exposer à leur courage et à leurs forces, quand ils ménagent et soignent leurs soldats. On n'attaquera donc que selon les lieux, l'opinion, l'occasion et les circonstances qu'on aura fait naître. Cependant, l'on peut dire qu'en général à Jérémie, place élevée, l'infanterie et l'artillerie débarquées peuvent briller, à la Grande-Anse les embarcations armées et les soldats, au môle Saint-Nicolas les vaisseaux et les équipages, au fort Dauphin, au Cap, à Port-au-Prince, toutes les forces réunies.

C'est ici l'occasion de dire que la plupart du tems les vaisseaux et bâtimens de guerre s'embossent trop loin des batteries qu'ils veulent attaquer..... C'est prolonger le combat, ou plutôt c'est vouloir avoir un combat; car une batterie ne peut résister à des vaisseaux bien mouillés, et dont les canons sont passablement servis, à moins que sa situation ne soit très-avantageuse, et que le feu des vaisseaux ne puisse y entrer. Dans ce cas, c'est folie d'aller l'attaquer par mer. Dans le cas contraire, il y a beaucoup à risquer en mouillant éloigné : on peut y perdre ses mâts et s'y faire même plus maltraiter, quand on a affaire à des canonniers tant soit peu braves. L'amiral Parker en eut la cruelle expérience à Saint-Domingue, devant Leogane et lord Nelson à Ténériffe, devant Saint-Croix. Pour réussir à attaquer une grande batterie, il ne faut pas uniquement se présenter de front; quelques-uns des plus forts bâtimens seuls doivent s'y mettre, les autres doivent se placer en enfilades pour chavirer les pièces et tuer les servans (à peu près comme on bat un rempart à terre), les gros bâtimens doivent la couvrir de leur feu, et procéder de suite à la détruire de fond en comble. C'est une résolution essentielle à prendre à Saint-Domingue, et c'est ce qui me fait m'étendre sur ces particularités : *Toutes les fois qu'on se décidera à combattre les Noirs, il faut agir avec le plus grand courage et d'une manière terrible.* C'est le seul moyen de leur en imposer; il y en a maints exemples..... Ce qui résiste doit être pulvérisé; anéanti quand c'est possible.

Je voudrais que dans l'attaque des forts on employât des obus. On pourrait leur donner un effet comparable aux mines en les faisant oblongs comme certains boulets pleins américains. Ces obus seraient très-commodes à bord, parce qu'ils ne nécessiteraient pas de sabot en plaçant le trou de la fusée dans le milieu de la longueur, entre les deux calottes sphériques.

Avec de tels obus on ferait sauter tous les forts de Saint-Domingue, et d'autant plus aisément qu'ils sont mal construits et peu solidement établis.

Il est encore un autre détail d'artillerie à faire remarquer. Les pièces dont on arme nos chaloupes sont lourdes et impossibles à débarquer; leur affût n'a presque jamais rien valu ni pour le service de mer, ni pour celui de terre. Cependant il est essentiel d'avoir de l'artillerie pour un débarquement important, alors on est obligé d'encombrer une chaloupe d'une pièce de campagne, de son affût et de son caisson; c'est un travail pour mettre à bord, pour mettre à terre et surtout pour réembarquer dans une embarcation, c'est la cause de maints événemens dans un cas pressé ou dans une rencontre ennemie. Ne serait-ce pas ici une amélioration de faire des pièces propres aux chaloupes et aux débarquemens? En combinant leur forme pour cela, on n'aurait plus qu'un affût de terre, ou seulement des roues à mettre dans chaque chaloupe. Cette amélioration, qui est peu de chose, serait extrêmement utile et avantageuse dans une expédition à Saint-Domingue.

Les débarquemens sur les côtes sont dangereux pour la santé. Il ne faut pas en faire tous les jours, et l'on doit avoir un soin particulier des hommes qui reviennent de terre, soit en leur faisant prendre du repos, soit en allant mouiller exprès dans le voisinage d'une pointe où l'on reçoit ordinairement plus de vent qu'ailleurs; soit, quand c'est possible, en s'entre-traversant au vent au moyen d'une ancre à jet, ou d'une embossure sur son cable. On doit choisir les heures d'attaques et de débarquement, plutôt pour ménager la santé des hommes que pour éviter quelques coups de canon. Il vaut mieux se battre que de risquer de tomber malade. On doit s'être emparé d'une place avant neuf heures du matin, ou remettre l'entreprise au soir, et ne pas la commencer avant quatre heures. Cependant, comme il y a souvent des pluies ou des grains violens à cette heure, il faut s'y risquer rarement et attendre que le tems soit plus certain.

Enfin le mois de juin s'approchera; il est probable

qu'on aura perdu peu de monde. On renoncera à cette époque à risquer aucun détachement à terre. L'amiral aura fait proclamer tout ce que la patience et la force auront permis, et sera à même de rendre compte de l'opposition contre la France à Saint-Domingue.

Selon cette opposition, on constituera l'expédition militaire pour forcer à la soumission au Roi. En attendant, tous les bâtimens dont j'ai donné la liste ne seront plus nécessaires à Saint-Domingue. Les navires de commerce étant d'ailleurs rarement dans les mers des Antilles pendant l'hivernage, il y aura peu à redouter la déprédation des corsaires de l'île. Si l'on pouvait en concevoir la crainte, il ne serait pas difficile de s'emparer des bâtimens des Noirs.

L'amiral enverra à Terre-Neuve, et de là en France, les vaisseaux et les autres bâtimens de son escadre qu'il ne jugera pas absolument indispensables au blocus. Les malades feront partie de ce renvoi, ainsi que tous les soldats.

Je divise l'expédition militaire en deux envois, et sa durée sera de deux années. On disposera chaque envoi de manière à être prêt un mois d'avance, et pour être arrivé avant le 1er janvier à Saint-Domingue.

La même escadre sera recomplétée et réexpédiée.

La première division militaire, réunie en un seul convoi, sera composée ainsi :

Etat-major général.

Un lieutenant-général et son état-major.
Deux maréchaux-de-camp et leurs aides-de-camp.
Un colonel de génie et quinze officiers.
Un sous-intendant militaire et dix employés d'administration.
Un chirurgien en chef et trente chirurgiens d'ambulance.

Effectif.

	hommes.
Quatre régimens d'infanterie formant.	8,000
Quatre compagnies d'éclaireurs.	300
Un régiment de dragons, vêtus et armés comme l'infanterie, et sans chevaux.	600
Artillerie à pied.	200
Artillerie à cheval, officiers et soldats vêtus et armés comme l'artillerie à pied, et n'ayant pas de chevaux.	200
Sapeurs - charpentiers, ouvriers, armés d'un pistolet seulement.	200
Gendarmerie à pied.	50
Gendarmerie à cheval.	50
Total.	9,600

Non-combattans.

Distributeurs des vivres sous les ordres du sous-intendant.	30
Infirmiers et conducteurs d'ambulance.	100
Muletiers.	100
Pionniers.	1,000
Total.	1,230

Train.

Mulets de bât pour porter les tentes.	200
Idem de bât pour ambulance.	400
Idem de bât pour artillerie.	120
Idem de trait pour artillerie.	80
Total.	800

Il sera accordé en plus un mulet pour six officiers. Ces mulets seront transportés avec les troupes, ainsi que les chevaux du grand état-major.

Les détails à donner sur une division qui va faire la guerre dans les Antilles seraient trop étendus pour ce mémoire ; je regarde cependant les suivans comme essentiels à noter.

Les troupes auront de bonnes capotes, un habillement de drap serré, deux pantalons de toile, deux chemises, etc., sans faire un sac pesant.

Il sera employé auprès de chacun des généraux au moins un officier de marine ; ces officiers seront choisis parmi ceux qui auront fait la campagne précédente sur la côte. Ils serviront pour avertir des dangers du climat, pour prévenir du vent et des grains, et pour donner des renseignemens sur les Noirs, etc.

Les employés d'administration seront choisis autant que possible par moitié parmi les commis de marine, ces officiers ayant navigué la plupart, et connaissant les colonies.

Il en sera de même des chirurgiens d'ambulance.

Les travaux étant très-pénibles à Saint-Domingue, on devra former les pionniers par engagemens. (On en trouverait à volonté parmi les gens sous les lois de la justice ou près d'y tomber. Ces malheureux pouvant avoir des fièvres de prison ou quelques maladies contagieuses, seraient, avant d'être embarqués, casernés trois ou quatre mois dans un lieu aéré.) On les prendra robustes et d'un âge voisin de trente ans. Chaque compagnie serait surveillée par une petite brigade de gendarmerie ayant un officier pour chef. On aura des réserves en France, de manière à recompléter ces compagnies. Les hommes qui les composeront ne seront pas armés, et ne porteront que des pioches, des bêches et des pelles.

Les sapeurs-charpentiers et les ouvriers n'auront qu'un pistolet pour arme unique. Il ne faut pas surcharger les travailleurs, ils auront assez de fatigues à faire leur ouvrage et à porter leurs sacs et leurs outils.

Les dragons feront le service d'infanterie ; mais comme on ne les met de la première expédition que pour les acclimater, et qu'il est essentiel qu'ils voient comment l'on traite les chevaux dans les colonies, comment on les nourrit, etc., ils seront de la réserve. On les mettra à garder les bagages et à escorter les ambulances : on ne les emploiera que dans les occasions indispensables.

L'artillerie sera composée de six pièces de huit; elles n'auront avec elles que quelques boulets placés dans un caisson, sur l'affût, comme pour les pièces de quatre. Ce sera la grosse artillerie; elle servira rarement, et on l'approvisionnera avec les mulets de bât. Dans les siéges sur la côte, on pourra débarquer des pièces de vingt-quatre, des vaisseaux de quatre-vingts ou des grosses frégates. L'artillerie de campagne ne sera composée que de pièces légères; on en aura trente. Si j'émettais mon idée sur ces pièces légères, je les demanderais ne pesant pas plus de deux cents. Elles seraient cependant du calibre de huit, et propres à lancer des boulets creux que quelquefois on remplirait de poudre comme un obus. On les chargerait aussi pour tirer de près, avec des grappes de raisins composées comme les mitrailles des vaisseaux. Ces pièces seraient courtes, peu chargées et très-soignées; leurs projectiles ronds auraient peu de vent, pour donner quelque chose à la portée (1). Les affûts pourraient se démonter et être portés, comme les pièces et les munitions, sur les mulets. C'est la seule artillerie que je crois convenable aux montagnes de Saint-Domingue. Dans l'expédition Leclerc, les pièces de deux ont retardé et gêné les marches; ells n'ont été que d'un très-médiocre service; on les a souvent abandonnées.

Les canonniers à cheval feront le même service que les canonniers à pied, et seront vêtus et armés comme eux. Ils seront pourtant plus particulièrement affectés à veiller les mulets de trait et de bât. Le soin de ces animaux leur servira d'apprentissage pour bien conduire leurs chevaux dans la seconde campagne.

Enfin les mulets d'ambulance seront accouplés de manière à porter un brancard-palanquin comme ceux employés dans les Cordillières du Pérou.... Ces mulets seront chargés de vivres quand il n'y aura pas de malades.

---

(1) La portée prodigieuse des nouveaux obusiers appuie fortement cette idée.

On a pu remarquer que je n'ai pas placé de médecins dans l'expédition...... J'ai préféré que les chirurgiens des régimens soignent leurs soldats, pour plusieurs raisons qu'il serait trop long de donner ici.

La division militaire étant assemblée d'avance dans un port, par exemple, à Brest, on l'exercera à embarquer et à débarquer pendant le mois qu'elle aura pour attendre la partance.

Les transports seront :

Six vaisseaux armés en flûtes, portant. . . . 3,600 h^es.
Cinq frégates armées de même, portant. . . 1,800
Onze bateaux à vapeur, contenant. 600

Le reste de la division, embarqué sur de grands bâtimens marchands frétés exprès.

Les mulets portés par les corvettes écuries du Roi.

Une flûte pour forges, six bricks-citernes, etc.

Ce convoi sera escorté et inspecté par les bâtimens de l'escadre que l'amiral aura renvoyés. Il se réunira au cap Samana, où les bâtimens en vigies enseigneront où se trouve l'amiral, sous les ordres duquel ils doivent se ranger immédiatement.

Avant de passer à l'emploi de l'expédition, il est un grand moyen de succès dont j'ai remis à parler ici.

Les Noirs sont religieux, profondément religieux. Leurs idées tenant encore du matériel, leur font écouter les sermons et les exhortations des prêtres comme des paroles venant de Dieu même. Il est donc de la plus haute importance de faire agir les prêtres pour diriger leurs opinions. Les agens envoyés pour examiner avant la première arrivée de l'escadre devront s'aboucher avec les prêtres actuels du pays (ils sont presque tous blancs), et s'efforcer de les mettre dans les intérêts du Roi, qui sont ceux de la justice et de la religion. Leur accord sera très-utile. Je n'en citerai qu'un exemple : c'est au Père de la Haie que les Français durent le retour des Noirs en 1794, et Saint-Domingue le rétablissement de l'ordre et du travail jusqu'à l'expédition Leclerc. Ce bon et véritable ecclésiastique, s'élevant au-dessus des préjugés de sa couleur, regarda les Noirs comme des hommes; en bon chrétien il se dévoua pour ramener eux et leur cause à la justice, et ne se fatigua jamais d'exhorter à la paix et à l'union. Voilà comme il faut des prêtres à l'escadre; voilà comme il en faut aux deux divisions. Dans l'expédition dont il est ici question, il n'y a pas de raisons à écouter, il faut des prêtres, sous peine de ne pas réussir.

L'escadre et la division réunies présentent un personnel d'environ 20,000 combattans, dont on mettra à terre 9,600 soldats du convoi, 3,400 soldats de l'escadre et 1,000 matelots armés, ce qui formera un effectif de 14,000 hommes, et 1,000 pionniers, sans compter les non combattans.

C'est plus que n'avait le général Leclerc quand il a battu et soumis toutes les forces de Toussaint-Louverture.

Les bâtimens marchands ne resteront que jusqu'au premier débarquement; après cela les bâtimens de guerre suffiront, puisqu'ils peuvent, dans une petite traversée, porter beaucoup plus de monde que je n'en ai désigné sur la note.

Tout étant préparé pour la campagne de guerre, le lieutenant-général remplira les fonctions de général en chef, et les forces de terre et de mer seront dès lors sous ses ordres.

Nous avons rendu compte du climat de Saint-Domingue en parlant des opérations, nous pouvons supposer maintenant que la connaissance des opinions et de la résistance probable des Noirs est devenue exacte, puisque l'amiral aura eu près d'un an pour l'acquérir. Le général, pour faire son plan, n'a plus qu'à considérer l'île en masse et en détail de guerre.

Envisagée en masse, l'île de Saint-Domingue semble formée par trois immenses volcans, dont l'un est au pic d'Yaque, l'autre au mont du vieux Cap-Français, et le dernier au morne de Bahoruéo. La lave du premier et du plus grand aurait d'abord produit les montagnes du Cibao, qui sont composées de trois chaînes principales, savoir : vers l'est, d'une seule qui va jusqu'au cap Engano, et vers l'ouest, de deux, l'une se prolongeant au nord-ouest et aboutissant au cap aux Foux, et l'autre décrivant une courbe dans le sud et arrivant aux Monts-Terribles, après avoir formé les montagnes des Pensez-y-

Bien et des Chaos. Le second aurait engendré les montagnes de Monté-Christ ou la chaîne unique qui passe près de Saint-Yago et finit à la pointe Lagrange. Le troisième, le Bahoruéo, n'aurait aussi produit qu'une seule chaîne, celle qui a les noms de mornes du Mexique, de la Selle, des Goaves et de la Hotte jusqu'à Tiburon.

Ainsi, l'île de Saint-Domingue a trois divisions physiques bien distinctes. Au nord, Monté-Christ qui n'est qu'une petite portion de l'île, au centre le Cibao, qui en est plus des quatre cinquièmes, et au sud le Bahoruéo, qui n'est guère que le double de Monté-Christ.

Entre le Cibao et le Bahoruéo la terre est beaucoup plus basse qu'en toute autre partie de l'île; c'est ce qui a fait penser que le sud de Saint-Domingue a été autrefois une île. On pourrait en effet le croire; car, de la baie de la Nyèbe à la baie de Port-au-Prince, il y a encore de grands étangs salés et saumâtres, et les terres qui les séparent de la mer et entre eux sont peu élevées au dessus des eaux. Cette partie sud n'est donc pas très-difficile à défendre contre les forces de terre du restant de l'île, d'autant moins qu'elle est étroite et presque entièrement environnée par la mer. Les Anglais, lors de la conquête qu'ils entreprirent de Saint-Domingue, s'y établirent et s'y maintinrent long-tems malgré les maladies qui ravagèrent leur armée et les fautes incroyables de leurs généraux. Rigaud, deux fois, et Pétion, une, ont choisi ce lieu pour s'y établir.

La partie nord semble de même pouvoir être isolée; car elle est séparée du Cibao par les grandes plaines de Saint-Yago et de la Véga, et n'y tient que par le pied de l'Yaque. Mais tout la côte que la mer baigne est hérissée de roches et de dangers qui la rendent d'autant plus inabordable que les vagues sont grossies par le vent ordinairement violent. Ce vent qui vient de l'est, ne rencontrant pas d'opposition, est encore rafraîchi par l'air des hautes terres qu'il parcourt. Il souffle, comme à la mer, avec une force continue et souvent avec plus d'impétuosité, en sorte que cette côte sera toujours peu fréquentée et sous l'influence des ports voisins plus à l'abri.

Le Cibao est donc le vrai Saint-Domingue. Entre ses chaînes de montagnes et leurs ramifications grandes et

petites il y a des vallées immenses, des plaines et des sa-
vannes de plusieurs lieues, surtout en s'éloignant de la
mer. C'est du pic d'Yaque que partent l'Yaque, la Youna,
l'Ozama, la Nyèbe et l'Artibonite, les seules rivières de
l'île. Toutes ont leur cours entier dans le Cibao, en sorte
que les deux autres parties de Saint-Domingue sont, pour
ainsi dire, privées d'eau. Il n'y a que les pluies qui les
arrosent; et, bien qu'elles soient communes, les torrens
tombent des montagnes avec tant de rapidité et ont si
peu d'espace à parcourir jusqu'à la mer, qu'ils sont tout
de suite épuisés. On voit par là que le Cibao doit être la
partie la plus fertile de l'île. C'est elle en effet qui produit
toutes les ressources alimentaires, qui élève les bestiaux, et
donne les denrées qui ne sont pas uniquement pour le
commerce extérieur. Il s'ensuit donc qu'une puissance
maîtresse de la mer, une fois maîtresse du Cibao, le serait bientôt de toute l'île. Elle y parviendrait d'autant
plus facilement que le Bahoruéo, n'ayant presque pas de
largeur, est attaquable par mer en tout point, et peut
être isolé au moyen d'un cordon sur son littoral.

Si l'on avait donc assez de force pour envahir et garder le Cibao, il n'y a pas de doute que c'est là que les opérations doivent commencer.

Mais les diverses armées qui ont été envoyées à Saint-
Domingue ont prouvé que la difficulté n'est pas dans la
conquête, que le seul problème à résoudre est d'y conserver ce qu'on prend. C'est pour ce dernier but que j'ai
distribué l'expédition en plusieurs parties.

J'ai pensé à examiner attentivement et à conclure avec
des preuves matérielles, puis à acclimater les hommes et
à éviter de mettre leur santé en danger. Si j'ai proposé
d'envoyer des corps un peu considérables, ce n'a été que
pour pouvoir résister évidemment aux attaques des
Noirs.

Ces forces n'étant pas d'abord beaucoup plus grandes
que celles que l'île peut opposer, le bons sens ordonne
de ne pas trop entreprendre, surtout de ne pas trop em-
brasser de terrain. Malgré les précautions que j'indique-
rai, la fièvre jaune peut venir, et tout serait perdu, si l'on
était disséminé; tandis qu'on pourra évacuer ou changer
de position si l'on est réuni.

C'est au général à juger sur les lieux ce qu'il faut entreprendre, avec les moyens et l'espérance d'y conserver la santé des troupes.

La partie française étant la seule de l'île vraiment peuplée, et étant aussi la seule sur laquelle le Roi de France a des droits incontestables, je pense que c'est là que les opérations doivent être principalement dirigées. On recueillerait au moins par la suite quelques fruits de l'ordre qu'on y établirait pendant l'occupation.

La conquête du Bahoruéo me paraît une entreprise qui est en rapport avec les forces de la première division militaire, qu'on doit ménager; elle est d'autant plus raisonnable que ce pays peut être parfaitement gardé en établissant l'armée dans les mornes des Pensez-y-Bien depuis les hauteurs de l'Arcahaïe jusqu'aux montagnes des Grands-Bois, et en mettant un fort détachement en observation à l'extrémité du morne du Mexique, près de la source de la rivière du Fond et de la route qui conduit des Fonds-Parisiens à la Croix-des-Bouquets et à Port-au-Prince, route qui servirait aux communications d'ordres et d'avis.

Le général, après avoir pacifié et organisé le Bahoruéo, viendrait s'établir dans ces mornes et y passer l'hivernage. Il serait bien difficile aux Noirs, fussent-ils tous levés en masse, de forcer les passages devant une armée française qui serait postée dans ces lieux où la température approche de celle de l'Europe.

Je tiens à cette position, parce qu'elle est militaire, qu'elle ne laisse pas derrière soi la crainte d'être tourné; que les approvisionnemens y seraient portés commodément, et qu'elle couvre Port-au-Prince, qui est maintenant le siége du gouvernement des insurgés. Je ne lui connais qu'un défaut, c'est d'être voisine d'une riche plaine qui donnera l'envie d'y descendre. Il faut que les officiers et soldats restent dans leurs cantonnemens. Pas de voyages inutiles à Port-au-Prince; pas de promenades dans les plaines : la fièvre jaune y séjourne et y donne la mort.

Cette position est cependant loin d'être unique. Selon les succès, ou plutôt selon les partisans qu'on aura, on pourra même s'établir sur les frontières de la province du Nord, depuis Dondon, Marmelade, Plaisance, jusqu'au gros morne; s'approvisionnant par Port-Piment et les Gonaïves. Mais il ne faut pas trop compter sur les promesses des Noirs qui se seront donnés, et se rappeler celles des généraux Laplume, Christophe, Petion et Clervaux, tant que l'époque de la fièvre jaune ne sera pas passée. Cette position d'ailleurs peut être tournée, soit en entrant par l'un ou l'autre passage de Saint-Michel, soit en débouchant par quelques vallons entre les montagnes Noires et celles des Chaos; trop étendues pour être gardées en outre la position. Les Noirs pourraient aussi, en débouchant par Saint-Raphaël, prendre la route qui conduit dans la vallée de Goave, et entrer dans le Mirabalais; de là, en suivant cette même route, ils traverseraient les Pensez-y-Bien, et viendraient, en passant par la Croix-des-Bouquets, tomber subitement sur Port-au-Prince, où l'on n'aurait pas laissé de garnison à cause de la fièvre.

Si le général ne se croyait pas assez fort pour occuper tout le Bahoruéo, ou que des raisons quelconques l'en empêchassent, il se contenterait de soumettre la province du Sud. Dans ce cas il renoncerait à son influence sur Port-au-Prince et sur toute la population des plaines qui s'étendent depuis la rivière Blanche et le cul-de-sac jusqu'à Léogane. La position militaire serait au Morne-Piton, et les approvisionnemens au Grand-Goave et à Jacmel.

Pour s'emparer du Bahoruéo, ou seulement de la province Sud, il y a deux manières : la première serait de débarquer à Jérémie ou à Tiburon, et de chasser devant soi ou de détruire les forces que renfermerait le pays. On continuerait jusqu'à l'instant où l'on arriverait au lieu où l'on doit prendre position. La seconde, d'attaquer Port-au-Prince, qui ne pourrait résister à toutes les forces de terre et de mer; d'y organiser un gouvernement; d'occuper le fort Bizoton, et de chasser ensuite les forces qui occuperaient depuis Port-au-Prince jusqu'à Tiburon et Jérémie. On reviendrait par mer, immédiatement après à Port-au-Prince. Si l'ennemi avait harcelé les derrières de la marche, ou s'il s'était contenté de les suivre, le retour au Port-au-Prince étant bien plus prompt que sa retraite, les forces qu'il aurait employées seraient coupées et détruites facilement.

La première manière offre moins de difficultés dans le principe ; mais elle augmente à chaque instant les obstacles, et finit par créer une réunion de forces. La seconde est plus brillante, doit commencer par un succès et en préparer d'autres ; elle divise l'ennemi, et peut le détruire en détail ; mais elle exige une grande circonspection pour se poster, se garder et se conserver réunis. On peut être harcelé la nuit et le jour, et par conséquent on est obligé d'avancer lentement. Il faut voir les lieux et ce qui se sera passé pour choisir entre les deux.

N'importe quelle sera la résolution, la prudence commande, avant d'entreprendre une opération aussi importante, d'empêcher l'ennemi de se réunir dans le sud. On y parviendra au moyen d'attaques vraies ou simulées dans le nord. On devra d'autant plus être porté à cette manœuvre qu'on ne peut se refuser à l'évidence des avantages de tomber en masse et subitement sur des forces divisées, et que, pour cela, on peut se servir de la flotte, comme d'un talisman, pour porter à volonté des troupes où les circonstances indiquent des succès à recueillir.

Avant le premier combat, le général fera savoir aux autorités noires comment il traitera les prisonniers, et l'horreur qu'une guerre à mort doit inspirer.

La conduite et la santé des troupes deviendra donc son affaire majeure ; car il n'a pas à chercher une bataille décisive. Les Noirs comptent plus sur la fièvre jaune que sur leur courage, et autant sur notre imprudence, sur notre témérité et notre envie de ne pas rester sans agir, que sur le tems qui peut nous lasser.

C'est une chose cruelle à apprendre à ses dépens à Saint-Domingue. Il y a bien des cas où il faut rester tranquille dans l'extension du mot, d'autres où il ne faut qu'observer, se préparer et mépriser les petites attaques. La trop grande activité y fait périr. Nos généraux ont remporté assez de victoire ; la gloire la plus honorable et la seule qu'ils aient à ambitionner à Saint-Domingue, c'est d'y conserver les soldats et de les faire servir sans leur donner la mort.

Dans les marches, il faut consulter l'ardeur du soleil. N'y fait-on pas attention en Italie ? Dans les haltes, c'est la brise, l'ombre, qui indiquent le lieu et le genre de repos. L'humidité et les vapeurs sont à éviter dans les bivouacs. Le passage des torrens et des rivières doit être fait avec soin. Il faut s'arrêter avant et après un gué. Mieux vaut alonger le chemin que de se mettre dans une eau qui arrête ou provoque les transpirations. Les sapeurs peuvent construire des rats d'eau de solives unies, comme les Russes en font quelquefois quand l'eau est profonde et tranquille ; en changeant quelque chose dans la manière de les mettre en place et de les y tenir, on pourrait s'en servir sur des petites rivières même un peu rapides. Les tentes sont toujours prêtes, puisqu'on a des mulets avec soi. On doit les faire avant les forts orages, qu'on prévoit si exactement dans les colonies. Le soir, elles sont indispensables pour préserver de l'humidité..... Les grandes chaleurs, les tems sans brise, commandent l'inaction. C'est surtout alors qu'il faut craindre les plaines et les dangers d'y séjourner.

Quant à la nouriture, on doit surveiller les soldats. Il faut changer les heures de manger pour éviter de le faire pendant les grandes chaleurs : elles gênent les digestions, ainsi que les fruits des colonies, et causent des maladies. Dans un pays où les effets et les causes sont violens, la vie et la mort sont toujours à se combattre, et les minuties deviennent essentielles. On peut me blâmer de m'y arrêter avec excès ; mais je supporterai volontiers ce reproche, si mes indications peuvent garantir la vie d'un seul soldat.

L'expédition terminée, il faudra procéder de suite à la pacification et à l'organisation. Si, avec l'appât d'une forte paye, on peut établir une gendarmerie noire, elle aidera puissamment les prêtres de l'armée et ceux du pays. Ceux-ci, il est vrai, ont des profits considérables à Saint-Domingue ; mais il n'est pourtant pas irraisonnable d'espérer qu'ils seront dans les intérêts du Roi, si l'on n'a pas été maladroit à leur égard.

Malgré les précautions, les soins et la prudence des opérations, le général aura des hommes de moins et quelques malades. Les malades seront mis sur les vaisseaux-hôpitaux, et envoyés à Terre-Neuve au mois de mai, pour revenir dès que la santé leur sera rendue ; on enverra en France les dragons et les canonniers à cheval ; dix-huit cents hommes arriveront de la Martinique et de la Guadeloupe sur quatre frégates et des transports, qui les auront échangés avec des soldats destinés, de France, pour ces deux îles. Ces frégates escorteront en même tems d'autres transports chargés de vivres, de provisions, de chevaux de frise, prêts à mettre en place, et de baraques, démontées et numérotées, pour caserner les troupes dans les postes militaires que j'ai indiqués.

Il n'est pas nécessaire, je pense, de recommander l'extrême attention dans le choix des postes, soit pour la santé, soit pour la commodité de la défense et pour la facilité de la retraite. Au reste, les Noirs ne pourront jamais réunir assez de troupes pour effrayer nos braves ou compromettre leur sûreté. Puis, quand on sera établi, il ne sera pas impossible d'utiliser, pour se défendre, quelques pièces de grosse artillerie, telles que des canons ou carronades de frégates et corvettes. Les ingénieurs et les artilleurs, tout en n'abusant pas du travail des pionniers, doivent se rappeler que la sûreté de l'armée et le repos qui lui est nécessaire dépendent des bonnes dispositions.

A l'époque de la fièvre jaune, les troupes sortiront le moins possible des montagnes et des environs de leurs postes. Leur service se bornera à entretenir les communications importantes et à préparer la défense la plus opiniâtre, sans fatigues ni travaux.

L'amiral mettra de même tous ses soins à sauver ses matelots; malheureusement, il ne peut pas s'éloigner beaucoup de Saint-Domingue; car, s'il reste, ce n'est que pour servir de dernier refuge à l'armée. Mais il peut choisir le lieu de sa station dans la partie la plus saine de l'île, de manière à pouvoir se porter à Port-au-Prince, en cas de retraite. Des bateaux à vapeur viendraient l'avertir et seraient de garde dans le lieu le moins malsain du voisinage.

La troisième expédition est pour achever la soumission et la pacification de Saint-Domingue.

Le général en chef doit maintenant fixer la demande des forces; mais je pense qu'il faut qu'elles soient plus considérables que les besoins, parce que les Noirs ont travaillé pendant dix ans à fortifier des points déjà inexpugnables, et que les principales opérations doivent être ter-

minées cette campagne. Quinze mille hommes de sup-
plément suffiraient cependant pour combattre, pacifier et
organiser.

L'armée aurait un matériel de siége, et cette fois serait
fournie d'une artillerie régulière à pied et à cheval. Les
dragons qui seraient revenus en France, serviraient à organiser de la cavalerie, dont il faut au moins mille chevaux.

Comme il n'est plus nécessaire de transporter en masse
l'armée d'un point à un autre, on emploiera au transport
des troupes de cette troisième expédition de grands bâtimens de commerce, et qu'on renverra après le débarquement. A cette époque, l'amiral sera avec des forces au
lieu où ce débarquement devra s'effectuer.

Il ne reste donc qu'à parler du plan de l'opération militaire ; car les soins à donner sont les mêmes.

Ce plan est fait : Bonaparte l'avait tracé lui-même au
général Leclerc. Il voulut qu'on débarquât à la fois dans
les ports principaux du Nord et du Sud, et que les troupes
marchassent en même tems à la rencontre les unes des
autres. C'est en effet ce qu'il y a encore de mieux à faire,
quand on ne craint pas de trouver un ennemi capable de
résister.

Le général Leclerc réussit. En moins de trois mois, les
Noirs, battus, tournés, enfoncés partout, ne voyant que
la mort autour d'eux, demandèrent la vie. Toussaint,
devant qui tout tremblait un instant avant, se soumit
comme les autres. Cette campagne fut admirable sous les
rapports militaires et administratifs ; elle n'a été que trop
promptement exécutée. Les positions et les casernemens
après la conquête ont été mal choisis. J'ai indiqué la
cause des désastres qui s'en sont suivis.

Le tems a cependant modifié le plan de Bonaparte. Les
Noirs ont fortifié des mornes et des pitons dans les montagnes Noires et des Chaos, dans les montagnes de Val-
lières et de Dondon, et même près de la plaine du Cap,
à Fort-Henri et à Sans-Souci. Ils sont maîtres de toute
l'île. L'attitude et la position militaire que les Noirs auront prises, apporteront aussi quelques changemens à ce
plan ; mais l'ensemble doit rester : *Débarquer une armée
dans le Nord, l'autre étant dans le Sud, et les faire marcher l'une vers l'autre.*

Quand la partie peuplée sera conquise, on s'occupera de suite du siége des mornes. Ce sera peut-être la seule guerre véritable. Mais il ne sera pas impossible d'en forcer et même d'en surprendre ou d'en gagner quelques-uns avant l'hivernage. Ils serviront à y conserver les troupes; car il vaut mieux évacuer l'île que de vouloir encore garder les villes. Qu'a-t-on besoin des villes? N'en est-on pas toujours maître, puisqu'elles sont toutes situées sur les bords de la mer, et que rien n'y peut résister à une flotte dont l'amiral connaît ses devoirs.

Au retour de la bonne saison, les mornes seront bientôt forcés de se rendre. L'opiniâtreté de ceux qui s'y réfugieront et le caractère que les Noirs conservent malgré leurs sermens, indiqueront au général s'il doit envoyer en France les misérables qui tomberont en son pouvoir après les siéges.

Ainsi, pour la solution de la troisième proposition, qui est presque le but entier de ce mémoire, c'est donc de se rappeler que la perte des armées envoyées à Saint-Domingue vient d'une mauvaise politique qui a fait naître une guerre à mort et la nécessité de s'enfermer dans des places pestilentielles, d'éviter ces deux grandes causes de destruction, de n'occuper que des lieux sains, et de combattre en soignant ses soldats.

Pour procéder avec méthode, il faut d'abord vouloir le bonheur des Noirs et renoncer aux prétentions que les événemens ont rendu ridicules, il faut que le Roi daigne interposer son autorité et fixer des concessions; alors on peut entreprendre.

Des agens prépareront les voies, une escadre s'assurera des rapports et proclamera les volontés paternelles d'un monarque au-dessus des intérêts vulgaires; une division assez forte s'emparera ensuite d'une partie du pays, l'organisera et s'établira dans une position saine et militaire qui pourra garantir sa conquête; enfin une autre division viendra renforcer la première et finira la pacification.

On réussira, si l'on n'agit pas trop vite, si l'on soigne les soldats, et si l'on ne va pas courir les plaines et occuper les villes, pendant l'époque de la fièvre jaune.

Cette expédition, si importante pour la prospérité et la

richesse de la France, dont le résultat serait si lucratif pour ses douanes, que la justice envers les colons ordonne au moins d'examiner attentivement, n'exigerait preque rien à ajouter aux dépenses annuelles. Quelques mille francs pour les agens, la première année, et peu de chose les trois années d'ensuite pour les budgets de la marine et de la guerre. Le plan en est nouveau, militaire, et les Noirs ne peuvent pas être préparés à s'en défendre. Il peut arriver qu'on ne sera pas obligé de l'exécuter entièrement, et, dans tous les cas, les avantages que les exercices et l'instruction militaire acquièreront à la marine, compenseront plus que les dépenses, et mettront la France à même d'appuyer un jour sur mer ses volontés d'une manière ferme et certaine.

4° *Le bonheur des Noirs ne peut exister et se fixer que sous une autorité légitime.* Qu'un homme de bonne fo compare ce que peut Saint-Domingue avec un gouvernement éphémère, avec des titres éphémères de propriété, et ce qu'il pourrait avec la France juste et loyale, consolidant le présent et aidant l'avenir, ce qu'il pourrait ensuite avec cette France régénérée et toujours la première nation du monde.

La légitimité se présenterait à Saint-Domingue telle qu'elle est en Europe : l'on y sentirait bientôt son pouvoir tutélaire. Lorsque l'alliance accroîtrait le commerce, lorsque la stabilité des institutions augmenterait les propriétés et les valeurs, et présagerait un avenir heureux à ceux qui veulent se livrer au travail, le peuple la contemplerait comme l'arche sainte de son salut et de sa prospérité.

Nos Bourbons seraient donc regardés partout comme les créateurs de la fortune publique, et les bienfaiteurs de leurs sujets.

Que le concert harmonieux des bénédictions qui leur seraient adressées deviendrait profitable pour Saint-Domingue ! Nous y porterions de la religion, de la véritable instruction ; de l'activité, des conseils, des encouragemens, des capitaux, des machines, etc. Nous agirions avec tous les soins et le dévouement imaginables ; car ce serait nous servir nous-mêmes et augmenter nos ressources. La colonie reprendrait un accroissement rapide, et cette reine d'Amérique verrait en peu d'années sa couronne plus riche et plus brillante que jamais.

5° *Comment conserver Saint-Domingue à l'autorité du Roi?* J'ai supposé Saint-Domingue érigé en royaume, et la volonté positive de chercher à faire le bonheur des Noirs. Pour consolider l'union avec la France, il faudrait favoriser les alliances des blancs et des gens du pays. Cette idée, toute contraire qu'elle est avec les préjugés coloniaux, s'aplanirait avec des Européens. La fortune aiderait d'abord, et l'usage ferait peu à peu disparaître les répugnances. C'est d'ailleurs le seul moyen prompt de faire prospérer une colonie, dont la population ne peut pas s'accroître par elle-même ou ne le peut que très-lentement. L'élan donné, on en ressentirait bientôt les effets, et, d'un autre côté, les Noirs verraient des preuves physiques de la bonne foi dans les promesses qu'on leur aurait faites.

La France a besoin que Saint-Domingue prospère; elle doit employer tout ce qui assure des améliorations, elle vendra mieux et achetera plus.

La race des hommes de couleur est celle qui convient au climat; elle est plus forte, plus brave et plus intelligente. Il y a à gagner à avoir des peuples plus en rapport et plus capables de repousser des attaques, quand on ne peut pas toujours envoyer des secours outre-mer.

6° *Qu'obtiendraient les colons?* En vain, l'on dira qu'il n'y a pas de fortunes éternelles. Les phrases ne font pas oublier les désastres les plus épouvantables quand on vit avec le restant des victimes. Les ames généreuses, en entendant parler d'aussi grands malheurs, écoutent les moyens de les réparer.

Les deux tiers des propriétés de Saint-Domingue appartenaient aux blancs; les mulâtres, les hommes de couleur, et quelques Noirs libres possédaient l'autre tiers.

Pendant les révolutions, plus des quatre cinquièmes des blancs ont été assassinés ou sont morts de misère. Il a disparu au moins la moitié des titres ou des propriétaires naturels, par conséquent on ne réclamera guère qu'un tiers de la valeur ou du revenu total de l'île.

Le revenu brut de Saint-Domingue était d'environ trois cents millions, sur lesquels il fallait retirer l'entre-

tien, presque toujours viager, les réparations annuelles, l'exploitation , etc. , etc., estimés à moitié du produit, reste. 150,000,000
dont le tiers. 50,000,000

Les circonstances ont évincé les colons, ils ne peuvent plus rentrer dans leurs propriétés. S'ils en retirent jamais le capital ou une rente le représentant, ils devront s'estimer heureux.

Or, la majeure partie des propriétés de Saint-Domingue étaient presque entièrement mobilières ou viagères; le revenu était calculé sur cette base, et le fonds rapportait environ vingt pour cent. Par conséquent les cinquante millions de revenu net venaient de deux cent-cinquante millions de capitaux que les colons ont perdus.

Si la France inscrivait cette dernière somme sur son grand livre et en donnait l'intérêt aux colons, il n'y a pas de doute que les colons seraient obligés de lui abandonner leurs droits sur Saint-Domingue; droits malheureux qu'ils ne peuvent faire valoir seuls , et qui , réclamés en personne , amèneraient encore d'autres catastrophes.

Si, comme tout le fait croire, l'intérêt de l'argent baisse en Europe, il est probable qu'avant la soumission de Saint - Domingue à l'autorité du Roi, il sera réduit à quatre et même à trois pour cent. On devrait donc payer dix millions ou sept millions et demi de rente aux colons.

Outre l'influence sur le commerce, les manufactures et l'agriculture de France, la possession de Saint-Domingue donnerait encore plus de trois fois cette somme, dont une administration et une force militaire bien conçues ne dépenseraient pas les deux tiers. On pourrait donc payer les colons.

On pourrait au moins leur donner la moitié ou le tiers de ce qui leur reviendrait, et augmenter cette portion selon l'accroissement de prospérité de Saint-Domingue.

Pour réussir promptement à retirer beaucoup de cette belle colonie, il faut, par tous les moyens possibles, encourager la population et la recherche des sources de richesses, il faut aplanir les difficultés de conquête et de l'établissement de l'autorité du Roi.

J'ai indiqué les moyens d'augmenter la population ; quant aux sources de richesses, il faut les chercher dans les facilités de commerce et de culture, et dans la bonne et raisonnable distribution des impôts.

L'expérience a prouvé que les contributions directes sont très-difficiles à toucher et nuisent à la culture des denrées coloniales ; il ne faut donc que des douanes. Autre difficulté à établir dans une colonie, parce que les douanes doivent y être principalement maritimes. Mais la France ayant une station pour protéger son commerce, pourra aussi protéger et aider les douanes de l'île, elle pourra ne percevoir les droits qu'en Europe.

Elle se gardera surtout de conserver les douanes actuelles de Saint-Domingue. C'est une véritable dérision qu'une pareille organisation. Il n'est pas étonnant que l'île semble ne plus rien produire. Conçoit-on une administration qui existe sans être utile ni avantageuse au pays, sans être même lucrative aux employés, qui semble n'avoir été créée que pour des intrigans ou des contrebandiers qui ne veulent pas courir de risques ? Les Nègres ne s'aperçoivent pas qu'on les dupe, et se contentent de mépriser et de détester la mer.

Il me reste à signaler deux grandes difficultés pour la conquête de Saint-Domingue ; ce sont les prétentions et les idées des colons. Qu'on leur pardonne : ils sont malheureux et dépouillés ; mais avant de les inscrire pour des indemnités, il faut qu'ils s'engagent à ne plus aller à Saint-Domingue (ils nous y feraient des ennemis), et à ne réclamer que la rente ou les indemnités qu'on leur aura accordées.

Concluons :

Les circonstances sont favorables pour entreprendre de faire reconnaître l'autorité du Roi à Saint-Domingue. Il n'y a que cette reconnaissance qui puisse être profitable au commerce de France. Aucune nation n'a d'intérêts assez grands pour nous empêcher de nous occuper de recouvrer notre belle colonie. Les moyens proposés pour y réussir feront le bonheur des Noirs ; ils sont basés sur la connaissance du pays et sur ce qui s'y est passé. On les divise en plusieurs expéditions pour observer d'abord ce qu'on doit faire; puis pour acclimater les troupes et organiser des ressources, et pour assurer la défense, la retraite et la santé; enfin l'on entreprend la conquête et l'on indique ce qu'il faut faire pour la conserver. Toutes les expéditions sont militaires; on fait toucher au doigt qu'elles doivent réussir, si l'on ménage les soldats, et si les mêmes fautes des expéditions passées ne sont pas renouvelées. Le plan indique comment la prospérité de Saint-Domingue se rétablira et s'augmentera; il démontre qu'on pourra facilement indemniser les colons.

En résultat, il s'ensuivra un ordre de choses préférable à celui actuel, et le nom de notre Roi sera béni en Amérique comme en France.

La publication de ce petit écrit peut concilier bien des intérêts.

FIN.

9 782019 256548